지금이
적멸이다

지금이
적멸이다

곽성일 시인의 풍경이 있는 시

더봄

지금이 적멸이다

제1판 1쇄 인쇄 2023년 06월 20일
제1판 1쇄 발행 2023년 06월 26일

지은이 곽성일
펴낸이 김덕문
책임편집 손미정
디자인 블랙페퍼디자인

펴낸곳 **더봄**
등록일 2015년 4월 20일
주소 서울시 노원구 화랑로51길 78, 507동 1208호
대표전화 02-975-8007 || 팩스 02-975-8006
전자우편 thebom21@naver.com
블로그 blog.naver.com/thebom21

ISBN 979-11-92386-06-5 03810

시집을 내면서

삶에 의문을 갖지 않는 삶은 삶이 아니다. 누구나 살아가는 동안 자신의 존재에 대한 의문을 갖는다. 그럴 때마다 자신에게 끊임없는 질문을 해야 한다. 도저히 해답을 구할 수 없을 때 선지식을 찾아야 한다. 절박함으로 말이다. 그래야만 근원적인 해답을 구할 수 있다. 올바른 선지식을 찾아가야 함은 물론이다.

중학생이던 어린 시절, 추수가 끝난 가을 논에서 벼 이삭을 주우며 문득 나는 누구인가에 대한 깊은 의문이 들었다. 생물 수업 시간에 인간은 수억 마리 정자와의 경쟁에서 1위를 하여 태어난 것이라는 설명을 들었다. 따라서 인간은 절대 초라하지 않은 위대한 존재라고 했다.

그렇다면 나는 태어나기 이전에 어디에서 왔을까 하는 의문이 깊숙이 밀려 왔다. 어린 나이에 감당하기 어려운 의문이었다.

그래서 《젊은 베르테르의 슬픔》을 읽었다. 사랑의 감정을 배우고,

《폭풍의 언덕》에서 히스크리프의 분노를 보았다. 《데미안》을 읽고는 잡힐 듯 잡히지 않는 인생의 의미에 대해 안타까워했다.

그후 나는 세상이라는 거대한 폭풍 속으로 빨려 들어갔다. 혼돈의 세월이었다.

가끔씩 주눅이 들기도 했다. 때로 세상은 내 편이 아니라고 생각하기도 했다. 거침없는 폭풍 속에 휩쓸려 다니기만 했다.

어느 날, 인터넷 공간에서 불교 카페 '혜안'이 있다는 스쳐가는 글을 만났다. 그 글은 그냥 지나가지 못했다. 어떤 인연으로 찾아들었다. '혜안'에서 어렴풋이 나와 세상에 대한 의문을 찾아 나서는 긴 여행을 시작했다. 일절 제사와 기도를 하지 않는 불경해석 전수도량 상주 도각사의 이각 큰스님으로부터 들은 법문이 깊은 울림으로 다가왔다.

신문기자 30년, 건조한 기사 문장의 도피처로 핸드폰으로 촬영한 사진과 글을 페이스북에 올렸다. 이 시집은 그 결과물이다. 하지만, 시와 사진을 한 번도 배워본 적 없이 즉흥적으로 시집을 내기가 두렵다. 눈앞의 세상을 인식할 때부터 가졌던 부끄러움이 지금도 여전하다. 그 부끄러움을 극복해야 앞으로 나아갈 수 있다는 생각에 용기를 내본다.

시의 일부는 재직하고 있는 〈경북일보〉에 '포토포엠'으로 게재되었다. 한국선 경북일보 사장님과 임직원에게 고마움을 전한다. 부족한 시와 사진을 아름다운 풍경 시집으로 흔쾌히 엮어준 더봄출판사

김덕문 대표와 〈자유문학〉에 2회 추천으로 등단시인으로 만들어준 정민호 경주 동리목월문학관 관장님, 기꺼이 해설을 맡아준 여국현 시인께 깊이 감사를 드린다.

시는 시인만이 쓴다

| 추천사

곽성일 시인이 첫 시집을 내게 되었다. 우선 축하드린다. 그는 6년 전 〈자유문학〉에 내가 추천한 시인이다. 그는 2회에 걸쳐 작품을 보내 매우 깐깐하게 추천을 받고 문단에 등단했다. 그는 역시 글을 쓰는 신문사에 종사하면서 많은 글을 쓰고 있으니, 앞으로도 많은 글과 시를 쓸 것으로 생각된다. 요즈음 흔해빠진 잡지에 시 몇 편 던져서 시인이 됐다는 그런 시인과는 처음부터 다르다.

푸른 바다와 마주한
나무는
바다가 된 지 오래다

동해
그 망망대해

나무는

푸른 물로 물들었다

제 모습은 잊고

언덕 위에서

바다가 됐다

- '나무와 바다' 중에서

위의 작품을 보더라도 그는 시인의 자질을 갖춘 시인이다. 시인은 시적인 이미지를 표현하는 꿈의 마술사다. '나무가 바다가 된다'는 그 이미지는 시인이 아니면 불가능하다.

곽성일 시인은 주로 자연을 노래하고 있다. 자연 속에서 시를 찾고 있다는 것이다. 그래서 자연이 주는 고마움과 자연이 내리는 풍성한 시적인 이미지를 바로 곽 시인이 시로 담는 노력을 하고 있다는 것이다.

따라서 이 시집 속에 함께 곁들여진 사진도 모두 자연 속에서 가져온 것들이다. 그래서 곽 시인의 시와 자연의 사진들이 한결 돋보이는 것도 이 때문이다.

생각은 생겨나자마자

과거가 되어 기억이 된다

사라진 것은 허망한 것
아무런 의미를 갖지 못한다

모두가 사라진 지금은
적멸이다

과거도 미래도 없는 공간
태초의 고요, 적멸뿐이다

-'지금이 적멸이다' 중반부

'지금이 적멸이다'는 이 시집 속의 다른 시들과는 성격이 좀 다른 작품이다. 고도의 사고에서 생성되는 고독과 고요와 시공을 초월한 시의 형태로 보인다. 그래서 시인의 생각은 가까우면서 멀리 존재한다고 모두들 말하고 있다.

시인은 사고의 변화가 확실해야 올바른 작품을 쓸 수 있다. 이 말은 곽 시인을 두고 한 말인 것 같다. 시인의 자질과 시인으로서의 예술적 견해가 있어야 올바른 시를 쓸 수가 있다는 말일 것이다. 이를 견주어 볼 때 곽 시인은 사회를 보는 눈이 갖추어져 있기 때문에 자연을 바라보는 눈도 시적인 것이라고 말할 수 있다.

'시는 시인만이 쓸 수 있다'는 자존심을 지키며 시에 매진한다면, 앞으로 더욱 훌륭한 시인이 될 것이라는 사실을 믿어 의심하지 않으며 이 서문을 쓰는 바이다.

2023년 立春 가까운 날에 丁巴 鄭旼浩 삼가 쓰다.

(시인, 前 동리목월문학관 관장)

차례

제1부

제2부

제3부

제4부

제1부

숲의 고요

폭염이 오기 전
숲은 고요하다
이른 아침
새소리는 분주하지만
숲은 적막하기만 하다
소리를 소리로 듣지 않고
의미를 부여하지 않은 소리
그저
숲의 고요 속으로 사라진다
폭풍 전야
무언가를 품은 듯한 고요
터질 것 같은
텅 빈 충만
곧 닥칠
맹렬한 더위의 예고에도
한가하다
조바심도 두려움도

고요 속엔 보이지 않는다

고요 속으로, 적막으로

마침내

자유다, 해탈이다

숲이 온다

숲이
내게로 온다

내가
숲이 된다

내가
숲이요

숲이
나이기도 하다

오대산 전나무 숲

숲의 정령이
소리없이 내려온다

하늘을 향해 열병식을 하는
오대산 전나무 숲 사이로
유월 햇살이
부챗살처럼 쏟아진다

먼 곳으로부터, 가까운 곳으로
찰나에서 영원으로

숲은 말한다
항상 여기 있노라고
누가 떠났다고 말하는가

숲에는
바람과 햇살이 머물고

마침내
생각도 쉼을 얻는다

알 수 없는 신비와
투명한 공간

우리의 시작은
이러했으리라

끝없이 솟아나는
붉은 약수
우리네 삶의 박동이다

세상을 품은 숲은
우리의 가슴이다

번뇌가 잦아드는 곳
숲은 위대하다

봄은 색의 향연

봄은
색의 향연이다

나무와 풀들은
겨우내 준비한 전시회를 연다

연두와 분홍
빨강과 보라

색들의 단독 전시회
한데 어우러진 합동 전시회

자연의 색 흩날리고

어깨동무하고 흐드러진다

쳐다보는 눈에도

봄이 한창이다

오월 야생화

오월,

어느 날이었다

지천으로 핀

야생화가 보고 싶었다

고원지대 넓은 언덕

초원 위에 가득 핀

이름 모를 꽃들을

만나고 싶었다
낮은 구릉과 들판
보랏빛 허브 물결
꿈속에나 볼 수 있는
꽃들을 상상했다
오월의 마지막 휴일
아파트 옆 산자락

가득 핀 꿀풀 꽃,
탄성이 터졌다
고혹적인 엉겅퀴 꽃
봄은 치명적인 아름다움을
남긴다

언젠가 꽃이었다

언젠가

누군가에게

꽃이 됐던 기억

빛바랜 추억도

때론 꽃이 된다

어느 곳

어떤 대상이

꽃에겐 의미가 된다

한 철 생을 다하는

꽃의 여정엔

숱한 인연이 스쳐간다

인연이 떠나간 자리의 고독

그 쓸쓸함

누구도 찾지 않는 공간

세월이 내려 앉는다

꽃은

고독과 쓸쓸함이 아니다

다만

그 꽃을 바라보는

생각의 투영

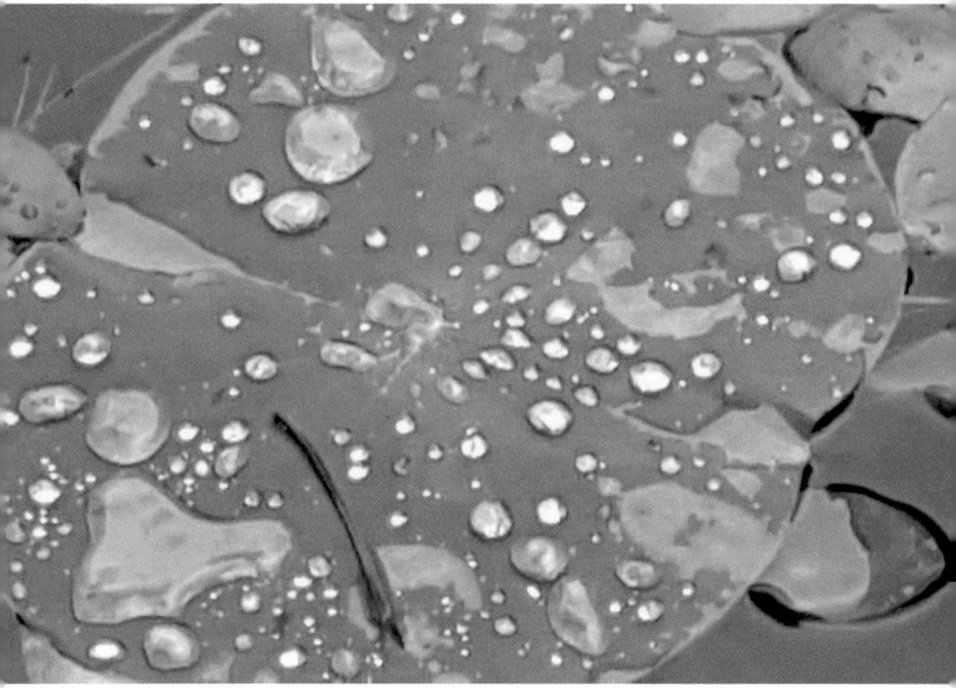

이슬 머금은 연꽃

길은 아득하기만 한데
연꽃은 저리 영롱하다
보이는 곳에서
보이지 않는 곳까지
새벽이 올 때까지
밤새 걸어가야만 한다
찬 이슬 발을 적시고
거미줄 얼굴 휘감아도
앞으로 나아가야 한다
멀지 않은 곳에 새벽이 있다
새벽은 밤의 노고를
잊게 할 것이다
진흙에서 꽃을 피우는 연꽃처럼
마침내 인생은
이슬 머금은 연꽃처럼
영롱해지리라

내가 그의 이름을

내가
그의 이름을
불러주기 전에도
그는
한 떨기 꽃이었다
이름을 불러줘야
꽃이 된다는
어느 시인의 말은
수정되어야 한다
꽃은 빛을 만나면
화려한 모습을 드러낸다는 말도
꽃을 모독하는 것이다
꽃은 빛을 만나기
이전과 이후도
변함이 없다
보는 이의 감각과 의식이
그렇게 느낄 따름이다

그런데, 꽃은
자신이 아름답다는
사실을 알고 있을까
아름답다는 것
혹시 관찰자만의 착각은 아닐까
세상엔 그만의 장점이
빛을 발해도
정작 자신만
그 사실을 모르는 경우가 많다
꽃도 그렇지 않을까
그토록 아름다운데
그 어떤 명화보다도
더 아름답고 소중한 존재란 것을
망각하고 있진 않을까
이것도
관찰자의 생각에만
존재하는 것일까

환상처럼 다가온 생각

깨달음의 마중물이 될 수는 없을까

바람이 온다

바람이 온다

바람이 왔다

바람 속이다

바람이 지나갔다

다가오고,

지나간 큰바람

나는 그 자리다

바람이 몰고 온

강물이 흐른다

큰 강을 가득 채우며

무섭도록 흘러간다

강둑에 우두커니 서서

강물을 바라본다

바람도, 강물도

내가 아니다

보이는 것은

내가 아니다

바람과 강물을 바라보는

흐르지 않고, 불지 않고

삶의 주인공은 삶이다

내가 아니다

강물은
흘러가기만
한다

휴일 가을빛,
눈이 부셨다
주저없이
빛 속으로 걸어갔다
강물이 빛 속으로
말없이 흐르고 있었다
태풍의 거친 강물은
가을 속으로 사라졌다
강가에 섰다
또다시

가을강과 마주한다

강물은

가을빛으로 물든다

고운 주름진 강물

빛과 노닌다

빛의 반사와 투과

강물은 잔물결로 화답한다

바람이 분다

소리없이 다가와

강바람 소리를 낸다

신라 천년 형산강은

영일만의 기적으로 흐른다

시간과 공간의 강둑에서

바라본다,

나는 흐르는 걸까

아니면

바라보는 존재인가

강물은

흘러가기만 한다

그리움이 타는 강

그리움이 타는
가을 강가에 섰다
바람이 불고
물결은 고요했다
길도 강을 따라 흐른다
강물이 구비친다
길이 모서리를 돈다
차들이 달려간다
강 건너 이어진 길
물끄러미 바라본다
거울 속에도 길이 있다
그 길로 자전거가 지나간다
거울 속 길과
강물 따라 흐르는
두 개의 길
참과 허상일까
바람은 거울을 지나

강둑길로 불어간다

고요는

바람과 길을 품었다

길에서 길을 묻다

길을 가다가
길을 가는 사람에게 길을 물었다
길이 어딥니까
여기가 길입니다
여기 말고 다른 길 말입니다
다른 길은 모릅니다
여기에 있는 길밖에 모릅니다
그렇습니까
다른 길이 있다고 들었는데……
다른 길은 가보지 못했습니다
그래서 알지 못합니다
그래요? 다른 길은 이 길보다
걷기가 편하고 아름답다고 하던데요
글쎄요, 저는 가보지를 못해서……
근데 이 길이 마음에 들지 않는가 보죠
아뇨, 이 길도 좋지만 더 좋은 길이 있다고 해서요
저는 이 길을 제일 좋아합니다

다른 좋은 길이 있는데도요

보이지 않고 가보지 않은 길은 믿지를 않습니다

가보지 않았기 때문이 아니고

보이지 않는 것은 존재하지 않는다고 생각합니다

설령 다른 길이 존재해 이 길보다 좋을지라도

나는 이 길을 좋아합니다

왜죠? 더 좋은 길을 찾아가지 않는 이유가

다른 길을 알지도 못하고

다른 길도 이 길과 다를 바가 없다고 생각합니다

길은 길이고 길 그 자체이기 때문이죠

좋고 나쁨은 길이 아니라 나그네의 마음입니다

이제 곧 날이 저뭅니다

이 길에도 어둠이 내릴 겁니다

다른 길을 찾을 것이 아니라

이 길을 계속 걷다보면

새벽을 맞이할 것입니다

그리움이 피를 토하듯

그리움이
피를 토하듯
가을 햇살 아래
나뭇잎은 붉음의 절정
청춘의 혓바닥 같은
아찔한 붉음이
나뭇잎에 가을처럼
내려 앉았다
가슴을 무너지게 하는
치명적인 가을
목놓아 부를 그리움이
사라진 들녘에서
바람이 된다
햇살이 된다

가을은 피어난다

붉은 이불 아래
가을은 피어난다
골목길에서
담벼락 아래로
가을은
제 모양을 드러낸다
누구에게
보여주는 존재가 아니다
그저 그대로다
잘 보이는 곳
그렇지 않은 곳에 대한
다툼은 없다
가을에겐
지금 그 자리가
지상천국이다

가을은 한 폭의 명화

가을은 곳곳에
정물화를 전시한다
보이는 곳마다
한 폭의 명화다
어느 곳이든

표구를 하면
세잔과 고흐도 미치지 못할
가을 명화가 된다
나뭇잎과 하늘
바람과 대지가

가을을 아름답게 채색한다
들판과 언덕
외딴집 마당
재잘거리는 학교 담벼락
그리움과 기다림이 교차하는

쓸쓸한 공원 벤치
강이 보이는 커피숍
노오란 은행잎이
비처럼 내리는 돌담길
가을은 제 세상이다

가을이 떠나간다

가을이 떠나간다
검은 세단을 타고
영구차가 아닌
신혼여행을 떠나듯
낙엽이 세단을 장식했다.
세단과 함께 떠나는
가을의 종착점은 어디일까
설렘과 낭만의 신혼여행
끝이 아니라
또 다른 시작이다

가을이 떠나는 숲

비가 온다
낙엽이 진다
가을이 떠나가는 숲
아득하다
나도 언젠가
그 숲으로 걸어가겠지
그곳은 아마도
궁전을 건설하고
또다시 가을을 기다릴 거야
그 궁전은
비밀스런 곳에서
아름다운 단풍 단장을 하고
겨울을 보내겠지
첫눈이 내린다는 소설이면
노란 은행잎 카펫을 깔고
빠알간 열매를 머리에 이고
겨울을 맞이한다

지상에서의 임무를 마치고
비밀의 궁전으로 복귀한다
인생도 그러하리라
이 생에서의 역할을 끝내고
보이지 않지만 실재하는 그곳으로,
그리고 인연 따라
다시 세상으로

겨울은 서성이고

겨울은 서성이고
가을은 떠날 줄 모른다
선발대로 온 겨울 척후병
손이 시리도록 파란 하늘 맴돌며
가을을 정탐한다
가을이 떠나갈까 봐
조바심에 속이 타오른다
그러나, 가을은
치명적인 빛깔로
아랑곳없이 겨울을 애태운다
가을을 아쉬워하는 이에게
깊은 상처를 남긴다

밝아 온다는 것은 희망이다

새벽녘
점과 선들이 점차 모습을
드러낸다

어둠의 사위가 엷어지면서
더욱 선명하다

하늘과 땅의 전령사
키 큰 나무
하늘로 향한
잔가지 안테나가
교신을 한다

여명의 빛이
세상 속으로 스며들면서
희망 통신을
온누리에 전파한다

밝아 온다는 것은

희망이다

누군가에게는 절망일지라도

다시 시작할 수 있다는 것은

축복이다

제2부

어머니와 민들레

어머니가 떠난 빈집에도
봄이면 민들레가 피어난다

봄비 내리는 날 고향집
시멘트 담장 따라서

녹슨 철대문까지
민들레가 반긴다

아마도 아들을 위해 준비한
어머니의 선물이리라

왈칵 솟구치는 눈물
가까스로 멈춘다

민들레를 따라 들어선 마당 한 편
엉개나무 새순 봉긋 솟아 오른다

자식에게 줄 봄나물
어머니는 준비한 것이다

어머니가 고향을 떠난 지 10여 년
집은 낡았지만 추억은 그대로다

가난했지만 행복했던 삶
윤회의 바퀴를 타고

지금은 어디든
행복하시리라

그리움은 금빛 날개를 타고

문득
삶을 잠시 멈춘다
상념은
금빛 날개를 타고
아득한 공간을 날아 오른다
기억의 어느 지점
따스한 자비를 만난다
언제부턴가
잃어버렸던 자비의 눈길
샘솟듯 따스한 등
천국과 극락이
거기에 있다
조건 없는 사랑과 헌신
그 눈길, 잊은 지 오래
숨 가쁘게 달려왔다
불안한 눈빛이 맴돌고
거친 호흡이 에워싼다

지친 삶의 언저리에서
울음을 삼키고
건던 길을 뒤돌아본다
어느 길모퉁이
붕어빵 봉지를 들고
나를 부르는 소리가 들려온다
돌아보면 사라지고
걸어가면 들려오고
천천히 걸어본다
내 걸음을 따라잡지 않을까
아니면
나를 놀라게 하기 위해
어느 옆 골목에서 불쑥
얼굴을 내밀지 않을까
상념의 나래는 끝나가고
그리움은 몰려온다
아!
어머니

집으로 가는 길

고단한 오후
저문 강에 삽을 씻고
집으로 가는 길

강나루에 비친
노을 속으로
가장이란 이름의 사내가
오늘도 걸어간다

고단함이
가족을 지키는
유일한 수단

집으로 가는 길
붉은 노을 같은
울음이 탄다

징검다리 건너면

징검다리 건너엔
행복이 있을까요

예전에 그랬듯이
그리움 저편엔
행복이 기다리고
있을 거라고

봄이 오는 개울을 건너
무리를 이룬 소나무 숲속
바람 소리가 들려온다
겨울과 섞인 봄 햇살
소나무 사이를 통과해
안식의 긴 그림자
드리운다

누구나 그림자와 동행한다
햇살 받은 내 그림자
행복의 그림자였으면

아득한 그리움

오래된 것은
아득한 그리움이다

그리움이
켜켜이 쌓인 골목길
생각의 더미에서

눈물 같은 그리움 하나
고개를 내민다

언제였는지도
아득한 세월
우리는 길을 잃었다
오랜 시간이
머릿속으로 지나갔다

가슴에 머문 그리움
모진 세월
고개를 들지 못했다

이 가을에 그를 만났다
철탑이 들어선
용산 아래 동네
골목 어귀
코스모스 바람에 날리는
돌담에서 기다리고 있었다

황토와 돌
오래된 담벼락 구멍으로
바람이 오고 갔다

아무렇게 쌓은 돌담
가을이 그리움을
코스모스 머리에 이고
인사를 했다

대문 옆 뒷간에도

가을이 와 있었다

주인의 온기는 떠났지만

몇 년인지도 모를 세월 동안

오래된 집을 지키고 있다

언젠가 다시 만날 날을

기다리며

세월은 흐르고

그리움은 담쟁이처럼

낡은 담장을 기어 오른다

사과 적과

가족은
한 사람의 성공을 위해 존재하던
시절이 있었다
가진 것 없는
가족 구성원은 개천에서
한 마리의 용을 만들기 위해
모든 것을 바쳤다
그 용이 자신과 가족을
용들이 거니는 구름 세상으로
인도해 주리라는
굳건한 믿음이 있었다
사실 용이 탄생할 확률은
그리 높지 않다
그렇다 해도 가족은
용이 되지 못한 이무기를
탓하지 않는다
비가 제때 내려주지 못해

승천할 기회가 없었다고

생각한다

그 생각은 진심이다

간혹 용이 된 용은

갑자기 개천이 부끄러워진다

승천하기까지

가족의 희생이 절대적이었을까

의문도 갖는다

가족을 구름 위로 안내해야 하는

의무가 귀찮아진다

용들의 세계에도 서열이 있고

그 서열은 출신 성분에

좌우될 때가 많다

그래서 개천을

부정하기도 한다

용들은 배신을 해도

개천은 그를

탓하지 않는다

요즘은 사과 적과를 하는

바쁜 철이다

적과란

한 곳에 여러 개 달린

작은 사과를

정리하는 것이다

튼실한 한 개만 남기고

모두 따내는 것이다

그 하나의 성공을 위해

모두 희생을 해야 한다

그 사과는

떨어진 사과의 슬픔을

기억할 수 있을까

낱알들에게 경배를

한 톨의 낱알
가을볕에 몸을 맡긴다
봄, 여름 긴 세월 숱한 고비를 넘긴
훈장처럼 가을을 맞았다
곡식을 얻는 것은
낙타 상인들이
사막을 통과하는 것과 같다
소그드 상인들이 낙타에 물건을 싣고
사막을 횡단하는 것은
목숨을 걸어야 하는 일이었다
한 번 들어가면 살아나오기 힘들다는
타클라마칸 사막
그들은 길 없는 이곳을 넘나들었다

살인적인 더위와 목마름
상상할 수 없는 밤의 한기
끝없는 지평선. 모래바람
외계 행성 같은 인적 없는 절대고독
봇짐을 노리는 불순한 무리
장안에 닿기 위해선 한순간도
희망의 끈을 놓지 말아야 한다
자칫 한순간이라도 절망과 가까이하면
오아시스에 도달할 수 없다
아득히 먼 곳을 바라보면 쉬이 지친다
한 걸음, 한 순간에 최선을 다해야
목적지에 다다를 수 있다
불법을 구하기 위해
사막을 건너던 승려들도 마찬가지
속세에서 피안에 이르는 구도 행렬도
목숨을 건 여정이었다

봄에 태어난 곡식도

태풍과 가뭄, 목숨을 위협하는

병충해들을 슬기롭게 이겨내야

한 톨의 낱알이 될 수 있다

바람과 햇볕은

때로는 위협이었다가

영양소를 제공하는 고마운 존재다

길고 긴 험난한 여정을 거쳐 온

낱알들에게 경배를!

오래된 그리움

기다림은 오지 않고
그리움만 깊어간다
세월이 가도
사라지지 않는 것들
깊이를 더해가는
안타까움
까치발이 쳐다보는
아득한 곳
햇볕과 별빛이
숱하게 내렸던
오래된 느티나무 아래
자전거는 멈췄다
기다림도, 그리움도
어디론가 가고 싶다
오래된 과거에서 미래로
이 생에서 불가능할까
떠났지만 떠나지 않은
마음들을 위해
자전거는 주위만 맴돈다

소읍의 가을

인적이 드문
시골 소읍의 한낮
가을은 절정으로 치닫는다
골목으로, 들녘으로
코스모스와 맨드라미 손잡고
골목마다
가을 햇살이 반겨도
그리운 사람은
보이지 않는다
익어가는 햇살 아래
한적한 골목은
그리움도 떠났다
맛깔스런 골목 국숫집
국숫발 같은 웃음소리 대신
가을 햇살이 지키고 있다
주인은 어디로 갔을까,
가을은 찬란한데

국수집

태과점 243-1873

잊힌 골목

그리운 것들은
한 편에 비켜 서 있다
사람들의 시선이
멀어진 곳
한때는 발길이
분주했을 그곳
잊힌 골목으로
가을 햇살이 쏟아지고
그리운 것들은
생명력을 더한다

고도의 가을

가을 한낮
고도에
가을이 쏟아진다
투명한 햇살
가을을 파고든다
천관사 옛터
이름 모를 들꽃
흐드러지게 지천이다
천관녀의 애틋한 사랑
가을바람에 꽃망울 일렁인다
억새도 손을 흔든다
경주 천원마을
담장과 대문
가을이 슬프도록 찬란하다

청하 장터

오월이 눈앞에 다가온
청하 장터
장날이 아닌
텅 빈 장터
인적이 없는
장마당에
사월 막바지 햇살이
강렬했다
장터 옆 숨은
옛 골목길
쏟아지는 봄 햇살
가득 품었다
무언가에 끌리듯
들어선 골목길
꽃세상이었다
햇살을 머금은
해당화 한 떨기

함초롬 피어
추억을 지키고 있었다
그 옛날
고현리에서 짠
가마니를 팔러 가는
부모님을 따라왔던
장터와 골목길
아득한 그리움이다
가슴 저미는 슬픔이기도 하다
골목길에서
장터를 바라보는
해당화는 곧
오월의 햇살을 맞이하겠지
내 유년의 기억도
찬란한 오월의 햇살 속으로
걸어가기를 소망한다

화본역에서

가을 한낮

햇살이 쏟아진다

햇살은

그리움에 지친

긴 그림자를 드리운다

누군가가

그리워지는 가을

오지 않는, 올 수 없는

그리움이 낙엽처럼 내리고

가을은

그리움을 쏟아낸다

제3부

도시와 석양

모든 석양은 애잔하다
황홀보다는 짙은 애수가 묻어 있다

석양은 빛이다

빛은 인간에게 색을 선물한다
대상을 대상으로
대상을 분별로
그 분별의 생각을 삶으로 창조한다

도시는

빛에 의해 존재감을 드러낸다

낮 동안의 화려했던

빛이 도시 너머로 저문다

찬란한 슬픔인 양

건물에 부딪히며 빛을 발한다.

어둠과 가까워진 빛은

도시의 점과 선을 또렷이 한다

석양이

도시의 점과 선에 반사된다

내 눈에서도 빛난다

마침내

빛의 파장이

마음을 흔든다

오렌지색 가스등

축축한 도시의 안개 속으로
오렌지색 가스등은
하나, 둘 꺼져가고

전혜린의
독일 뮌헨 슈바빙 거리
회색빛 도시의 오렌지색 가스등
예술과 자유가 숨 쉬는 슈바빙

전혜린은 잊지 못했다
그리고 아무 말도 하지 않았다
등대 불빛이 반짝이는
항구도시 포항
예술과 문화의 공간에도

오렌지색 가스등이
홀로 광장을

밝힌다

예술과 문화의 거리에

오렌지색 가스등이

가슴을 적신다

붉은 석양

붉은 석양을
바라본 사람은
안다
왜 가슴이
두근거리고
붉게 물드는가를
오늘은
유난히도 아름답다
캔버스 같은 하늘에
붉은 물감 번지듯
세상 시름 놓고
붉은 석양이고 싶다

도시는 점과 선이다

석양이 내리기 시작하자
도시는 거대한 점과 선이 됐다

낮 동안 날카롭게 빛나던
빌딩의 위용과 권위
어둠이 스며드는 석양에 묻혔다
그 속에서
수많은 언어와 몸사위
정적에 휩싸였다

검은 점과 선들은 평온하다
그저 침묵뿐이다

삶이 끝없는 분노일지라도
나는 소망한다,
석양에 아름답게 물들고
어둠의 침묵이 새로운 시작이었으면

내재된 분노가 아닌

새롭게 태어나게 하는 겨울밤이

눈물겹도록 그립지 않기를

도시에 노을이 물들면

도시에
겨울 노을이 물들고

사물은 점과 선,
색채로만 존재한다

낮 동안의
이름과 사연,
온갖 덧씌워진 선입견
그리고
타인의 시선과 의식으로
존재했다

내가 나답지 못하고
내 색깔을 망각하고
세상이란 것에 물들었다

나란 존재는

보이는 세상이 아닌

고유의 존재임을

발견하지 못한다

황혼 무렵 되어서야

세상의 빛들

사라지고 난 후에야

왜곡된 의식 없어진 뒤에야

점과 선, 그리고 색깔

본질이 보인다

나도, 너도,

우리 모두

가식의 더께로

포장돼 있다

세상은 화려함을 원하고
거기에 미치지 못하면
낙오자이다

본래의 모습은 압살되고
깊이를 알 수 없는 착각이
업을 이룬다

나의 이름과 직위를 지우면
영원불변한 존재가 아닐까

의문이 노을에 물들고
답을 구하지도 못했는데
세상은 어둠에 휩싸인다

보여지는 세상의 일원이 아닌
진정한 본래 모습을
찾을 수 있을까

나무와 바다

푸른 바다와 마주한
나무는
바다가 된 지 오래다

동해
그 망망대해

나무는
푸른 물로 물들었다

제 모습은 잊고
언덕 위에서
바다가 됐다

남들은 나무를 보고
움직일 수 없다지만

나무는
푸른 수평선으로
매일 달려 나간다

나무는 자유다
우주를 품은 바다다

수평선 그 너머의 세상
파도가 전해준다

나무는
더 이상 기다림도
그리움도 아니다

호미반도 둘레길

호미반도 둘레길을
걸을 수 있는 사람은
대단한 행운의 소유자이다
그 길을 걷노라면
절대의 시간을
만날 수 있기 때문이다
소설가 김훈은
자전거를 타고 영일만을 찾았을 때
단독자가 됐다고 했다
영일만을 품은 호미반도 둘레길은
바다가 늘 함께한다
밀려오는 파도와 갈매기,
그곳 사람들의 순수를 만나면
누구나 시인이 된다

파도야, 파도야

동해,

그저, 망망대해

파도가

가슴속으로 밀려 온다

그리움이

물보라가 된다

끝없는 수평선을

마주한다는 건

행운이다

난, 어디서 왔을까

도대체 누구일까

이름이 나일까

그러면 그 전의 나는

파도가

하늘과 맞닿은 수평선에서
줄지어 포말을 일으키며
나에게로 온다
어쩌란 말인가
나는 깨질 줄 모르는
은산철벽인 것을
파도야, 파도야

이제,
내 맘속 벽을 적시고
마침내
그토록 그리워하는
진리의 편지를 전해주렴

바다에 서서

삶이 시큰둥하거나
세상이 버거울 때나
내가 한없이 초라해질 때
동해 푸른 바다를 만나보라

바다는 태초로부터 영원이다
인간도 그러하다

바다는 영원하다
바다와 같은 세상
인간도 바닷물과 하나다

누구를 탓할 수도
원망할 수도
시기와 질투도
자책도 존재하지 않는다

밀려오는 푸른 파도는
심장의 맥박소리이다

바다는 나를 발견하는 곳이다
그 무언가를
한탄할 수 없게 한다
그저 물들기만 하면 된다

그러나 이미 물들었으므로
더 이상 할 일은 없다
바라보기만 하면 된다

바다는 늘
그리움이고 감동이다

동해, 그 바다

동해, 그 바다
아득해서 좋다

끝이 보이지 않기에
제멋대로 상상할 수 있기에

그리워할 수도 있다
동해, 그 바다를
마주해 본 적이 있다면

상처를 치유한다
그래서
상처받지 않은 그리움이 된다

누구나 가질 수 있다
마음이 가난한 자
치유를 원하는 자
사무치게 그리운 사람

모두, 동해로 와야 한다
끝없이 검푸른 바다와
마주 서야 한다

무너져야 한다
설움도, 원망도,
그리움까지도 토해내야 한다

바다는 모든 것이다
깨끗하든, 오염됐든
강물을 마다하지 않는다

그 바다 앞에서
속절없는 기나긴
고해성사를 해야 한다

욕망과 탐욕
억울함과 비겁함

모두 꺼내
검푸른 바다에 던지자

마침내
순백의 하얀 파도가
끝없이 내 마음속으로
밀려올지니

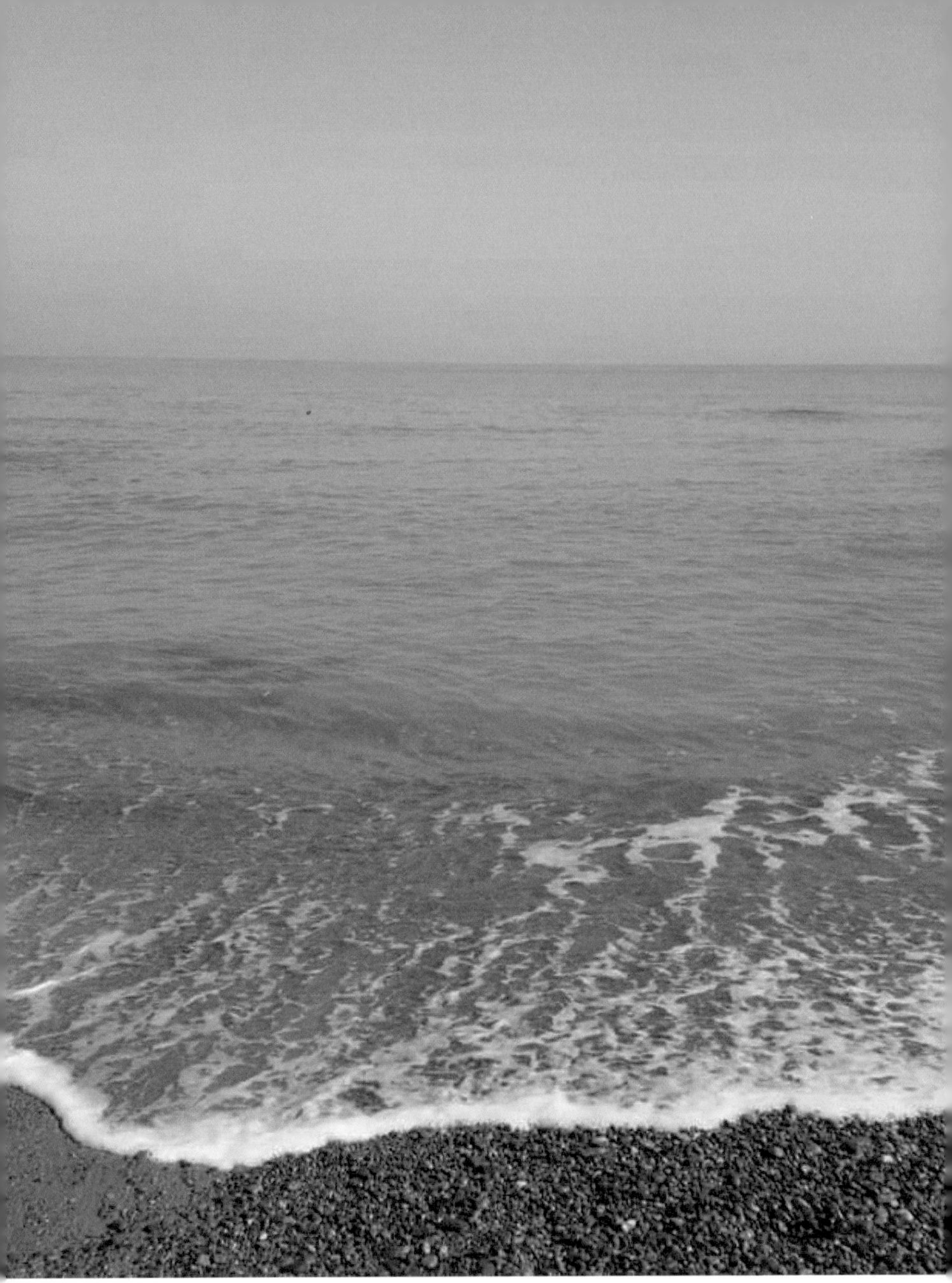

파도는 눈부신 대오

겨울 파도와 마주한 적 있는가
끝을 알 수 없는 아득한 망망대해
상륙작전을 펼치듯 뭍으로,
뭍으로 쉴 새 없이 다가온다
먼 바다에서 출렁이며
높은 산이었다가
낮은 포복 자세를 취하며 앞으로,
앞으로 공세를 취한다

파도는 눈부신 대오
태산 같은 파도는
물밀듯 전진한다

모래밭에 상륙한 후에야
하얀 포말이 된다
임무를 완수한 병사처럼
다시 바다로, 고향으로
금의환향한다

겨울 바다는 원시의 바다
내가 파도이고
파도가 내가 된다

가을 바다

가을 바다에 서면

파도 소리가 청아하다

푸르고 높은 하늘

맞닿은 수평선

어릴 적 꿈이 자란다

아스라한 그리움 너머

가을이 익어간다

먹빛처럼 검푸른 가을 바다

끝없이 밀려오는 파도

그리움이 달려온다

그대, 월포를 아는가

그대,
월포를 아는가
달 뜨는 포구
그곳에 가면
사랑이 보인다
월포에 가면
누구나 연인이 된다
비취색
바다빛에 취하고
끝없이 밀려오는
파도의 하얀 포말에
가슴이 두근거린다
바다가 보이는
월포역에 내리면
누구나 사랑을 하게 된다
연인이든 바다든
파도이든
사랑으로 벅차 오른다
아득한 수평선에 넋을 잃고
그리움은 희열이 된다
용산 용머리에 올라서면
아름다운 월포의
블루빛 절경에
몸과 마음이 화석으로
박제된다.
잠시거나, 오래이거나
환상적인 블루가
눈에서 가슴을 꽉 채운다.
세상이 나에게 안겨준
번뇌는 블루에 물들며
마침내 환희가 된다
파도는 끝없이 밀려오고
어찌할 수 없는 감동에
소름이 돋는다

동해, 그 망망대해

바다에 서면

가슴이 무너진다

그것도

동해 망망대해를

마주하면

가슴이 먹먹해진다

태평양 너머

알 수 없는 곳에서

동해 포구까지

쉼 없이 밀려온 푸른 파도

자갈과 모래 틈으로
스며들었다가 빠져나가는
바다의 교향곡을 들려준다
쏴아- 쓰르륵~
아득한 태초 원시의 내음
바닷가 사내의 마음이 젖어든다
어쩌란 말인가
파도는 끝없이 밀려오고
눈은
아득한 수평선을 달리고

세상은
득달같이 뒤쫓아 오는데
갈 길을 잃었다
바닷가에서
나는 누구인가
파도에게 묻는다
대답없는 메아리
가슴속 파도가 된다

바닷가에 가면 누구나 소년이 된다

바닷가에 가면
누구나 소년이 된다

아득함에,
끝없는 수평선에

환갑이 지났어도
소년은 소년이다

아득한 선사시대 그때도
소년은 바닷가에 왔을 것이다

모래에 발자욱을 남기며
바다를 거닐던 소년의 꿈은
수평선을 향해 달려 나가고
마침내 그 꿈은

수평선 저 너머
어디엔가 다다른다

밀려오는 파도와 해조음
하나의 호흡이 된다

지나온 세월이 무색해진다
오직 찰나만이 진실하다

제4부

천년왕국

산 같은 왕릉
하늘과 맞닿았다
하늘과 땅
이승과 저승
속세와 피안
모두가 하나다
천년왕국
지상에 극락과 천국을
가졌다
하늘로 이어진 왕릉
그 안에 피안의 세계
안과 밖
보이는 것과
보이지 않는 세계
모두가 하나다

찰나의 환상

나는
보았다
나무 사이로
또 다른 나무
여기 있는 내가
저기 있는 나무를 본다
한껏 푸르고
나도 푸르렀다
내가 나무가 됐다
여기와 저기가
하나다
나무를 바라보는
나는 나무다
나와 나무는
하나가 됐을까
보이는 나무와
바라보는 내가

보이는 게 아니라

보여진 것이 아닐까

주체와 대상

보는 나와 보여지는 나무

바라보지 않으면

나무는 존재하지 않을까

볼 때만

존재하는 것일까

나무는 육진六塵이다

색성향미촉법色聲香味觸法

나무가

보인다는 생각은

어디에서 왔을까

허공과 같은

투명한 정신이다

정신이

생각을 생산한다

정신은 영원하고

생각은

찰나에 사라지는 환상이다

적멸위락寂滅爲樂

가까우면서도 먼
머리와 가슴
두 팔 거리도
되지 않는 곳
그 곳에서
서로를 마주한다
육진으로 이뤄진 세상
수신과 분별을 한다
머리가 사라져
그 자리가 허공이 된
부처는 당당하다
세상은
머리가 아닌
가슴만으로도
살아갈 수 있다
머리로 조작되지 않은
원초적인 진리의 법칙을

가슴은 품을 수 있다
이성이라는
인간의 잣대가 아니라
본래의 진리를
가슴은 깨달을 수 있다
세상이 온다
가슴으로 받아들인다
온 것이 아니다
받아들인 것도 아니다
내가 만든 것이다
찰나의 깨달음이
마침내
세상을 창조한다
천상천하 유아독존
텅 빈 충만 우주를 품은
본래의 나를 찾는다
지금은
번뇌와 생각이 사라진
적멸이다

적멸은
지루하거나 두려운 것이
아니다
적멸위락
완전무결하고도
진정한 즐거움이다

지금이 적멸이다

삶은
이어지는 것이 아니다

마치
형광등 불빛이
빠른 속도로 반짝여
움직임이 없어
보이는 것과 같다

삶도 그러하다

순간적 생과 멸이 점멸하는 것
끊임없이 생겨났다가 사라진다
육진, 빛色 · 소리聲 · 냄새香 · 맛味 · 감촉觸 · 법法이
육근, 눈眼 · 귀耳 · 코鼻 · 입舌 · 몸身 · 뜻意을 만나
인식하는 생각이 생겨난다

생각은 생겨나자마자
과거가 되어 기억이 된다

사라진 것은 허망한 것
아무런 의미를 갖지 못한다

모두가 사라진 지금은
적멸이다

과거도 미래도 없는 공간
태초의 고요, 적멸뿐이다

적멸위락寂滅爲樂

적멸은 락이다
번뇌가 사라진 고요만이
지금 찰나에 가득하다

텅 비어 있는 것 같지만
모든 것을 갖고 있는 충만이다

적멸은
지루함도 두려움도 아니다
모든 것에서 자유로움이다

무장무애無障無碍
걸림이 없다

무소유는
세상에 가질 게 있어서
갖지 않는 게 아니다
세상은 실체가 없는
환상으로 존재해
가질 수가 없다
바라보는 대상인 육진은.
허공으로 이뤄져 있다

본래의 나는 허공으로 이뤄진
우주이다

육진인 몸이 내가 아니고
그 육진을 바라보는
정신이 본래 나이다

그렇다, 삶과 죽음은
오직 생각 속에서만 존재하는 것

삶과 죽음은 실재하지 않는다
이제 불안한 삶에서
자유로워져야 한다

찰나의 순간이 계속되듯
죽음도 찰나가 계속되는
윤회의 과정이다

정신은 생멸하지 않는다
태초 이래 한 번도
움직인 적이 없다

내가 우주다
나는 천상천하 유아독존이다

내가 사라지면 세상도 사라지고
세상은 내가 바라볼 때만 존재한다
눈앞에 펼쳐진 세상은
내가 창조한 것이다

적멸만이
유일한 락[樂]이다

覺, 깨달음

불기 2565년 부처님 오신 날을 맞았다.

불교에서의 깨달음이란 법의 실체와

마음의 근원을 깨달아 앎을 지칭한다.

인간을 비롯한 만물은 매 순간, 찰나마다

깨달음의 연속적인 삶을 살아가고 있다.

인간의 번뇌는 생로병사生老病死에서 비롯된다.

태어나서 늙고, 병들어 죽음을 맞이하는 동안

고苦의 바다를 건너는 것이다.

이것을 해결하기 위해서 부처님은 2565년 전,

화려한 금수저, 왕자의 미래를 팽개치고 성문을 나섰다.

생로병사의 근본적인 문제의 해답을 찾기 위해

고행을 자처했다.

치열한 수행을 하던 어느 날, 보리수 밑에서

문득 깨달음을 발견한다.

인간은 근본적으로 자신의 존재가 없는 '무아'無我이며,

세상은 '공'空임을 깨닫는다.

육체를 비롯해 세상을 바라보는 정신이 진정한 나이므로

생로병사에서 이미 벗어나 있다고 설파한다.

정신은 우주를 머금고 있어서 불변의 존재다.

생겨난 적이 없어 멸滅하지도 않는다.

육체와 삼라만상은 생겨난 존재여서

찰나의 변화를 통해 소멸에 이른다.

인간은 육체를 자기로 삼았기에

생로병사의 고통에서 벗어나지 못한다.

그러나 육체가 사라져도 인간은

정신으로 이뤄져 있어 없어지지 않는다.

윤회의 법칙으로 다음 생을 맞게 된다.

윤회에서 벗어나 천상의 세계를 꿈꿀 수도 있다.

불경해석 도량 상주 도각사 이각 큰스님은

"인간은 수행을 통해서 깨달음을 얻는 존재가 아니다"고 법문을 한다.

"인간은 정신으로 이뤄져 있기에 이미 모든 것을 가진

'무량'無量 · '무변'無變 · '무수'無數의 존재"라는 것이다.

따라서 이미 갖춰진 진리를 깨닫기만 하면 된다.

그렇게 사유思惟하면 육체를 나로 삼지 않기에

저절로 생로병사의 고통에서 벗어날 수 있다.

이각 큰스님은 불교 계율의 '불살생'不殺生은

'살인을 하지 말라'가 아닌 '살인을 할 것도 없다'는

누구도 하지 못한 놀라운 불경 해석으로
대중들을 진리의 세계로 안내하고 있다
‘무소유’無所有도 ‘소유하지 말라’가 아닌
‘소유할 것이 없다’고 한다
세상은 ‘꿈’과 같이 실재實在하는 것이 아니어서
‘살생도 소유도 할 게 없다’는 게 진정한 진리이다

아! 백흥암

고요는
고요를 더하고
더께를 이룬 고요는
형상이 없다
없음이,
보이지 않음이
소박함이
숨어 있을 치열함이
감동을 주는 곳
백홍암 극락전
아미타불을 친견한다
일반인에게 산문을 열지 않는
비구니 참선 도량
어찌 인연이 있었던가
문득
극락전에서
아미타불이 바라보는

곳을 쳐다본다

아!

절집 건물로 둘러싸인

작은 마당

아무것도 없는데

탄성이 절로 나온다

왜일까

알 수 없는 아득함

뛰는 가슴

단아한 아름다움

그곳에 소우주가

정면 보화루 너머

산 능선

초록이 절정이다

유월의 백흥암

깊은 산속
비구니 참선 도량
은해사 백흥암은
유월의 한가운데였다
유월 하루
평소 절문을 열지 않는
신비한 도량을 찾아갔다
구비구비 돌아
마침내 아늑한 곳
어머니 뱃속처럼 편안했다
무언가 꽉 찬
텅 빈 충만이 절집에 가득했다
산이 깊지만 유월의 햇살은
절집 가득 쏟아졌다
오랜 기왓장을 미끄러져 내려
극락전과 전각에 머물렀다
극락전 아미타 삼존불에 삼배를 마친 햇살이

보화루에 길게 몸을 뉘었다
그림자가 된 햇살은 참선에 들고
뒤따르는 햇살은 극락전으로 향한다
오늘은 참선중인 비구니 스님 목욕하는 날
운 좋게 한나절 백흥암 주인이 된 듯했다
극락전 앞마당엔 해탈의 고요가 머물고
보화루 난간 너머 아스라한 산봉우리는
수미산이던가
꽃들은 피어나고
햇살은 더없이 정겹고
해탈 도량은
깨달음의 깊은 울림으로 가득하다

백흥암 극락전

유월의 햇살이
쏟아지는
은해사 백흥암 극락전
아미타 삼존불이
햇살의 삼배를 받으며
깊이를 알 수 없는
선정에 들었다
불단 수미단에
장엄하고 아름다운 꽃 문양에
삼배를 마친 햇살이 스며들었다
수미단 꽃들은
선정의 향기를 피운다
삼존불 정수리를 지나
법열을 법당 가득 채운다
참배객 머리와 가슴도
맑아진다
존재를 참구하는

삼배가 이어진다
법당을 둘러싼 절집
구석구석에도 꽃들이 피어난다
강렬한 햇살과 하나가 된
수련과 붉은 인동초, 황금낮달맞이,
우단동자, 산수국
절정의 희열로 절집을 감싼다
삼배의 몸짓과
진리를 향하는 눈빛에
살아 숨 쉬는 수미단 꽃
그를 호위하는
절집 꽃은 하나다
안과 밖은 둘이 아니다
진리를 구하는 발걸음도
그들이다

사찰 북소리

사찰 북소리
저녁 산사 가득하다
북소리
공양간 연기에 맴돌고
저녁노을에 물든다
독경 소리에 합장하고
초저녁 단잠에 든
산새 화들짝 잠을 깬다
선승들은 좌정에 들고
보살은 귀갓길을 재촉한다
북소리
어둠이 내린
산에도 짙게 울려 퍼진다
인간과 자연에 이르기까지
닿지 않음이 없다
사자의 포효처럼
침묵하게 한다

깨달음에 대한 절박
세파에 지친 마음의 고요
북소리가 따라온다
산사를 내려가는 발걸음을
앞서간다

부처님 오신 날

부처님 오신 날
절 세 곳에 가서
점심 공양을 해야
복을 받는다고
분주한 사람이 있다
한 곳도 가지 않으면
복을 받지 못하는 것일까
날마다 매 순간이 삶의 절정이지
특별한 순간만이 절정은 아니다
지금 여기에서 행복하면
그곳이 극락이리라

만행 떠나는 강물

강물은 흐르고
꽃은 피어난다
옥천을 적시는 강물
쳐다보는 장미는
붉다 못해 처연하다
언제부터였던가
시작을 알 수 없는
물의 행렬 속에
오래된 침묵이 흐른다
강물은
관룡산과 화왕산에
머물다
관룡사 부처님 그늘에서
선정에 들었다
이젠
세상으로 만행을 떠날 때
흐르면서 대지를 적신다

삼라만상에 생명을 창조한다
자연은 물의 보시에 춤춘다
꽃도 절정이다
장미, 페튜니아, 클레마티스
분홍낮달맞이, 작약, 불두화
꽃들은 바라볼 뿐
만행 떠나는 강물을
관조한다

신비와 은둔의 왕국

그곳에
다시 가고 싶다
신비와 은둔의 왕국
히말라야 고산 준봉 병풍 아래
행복지수 1위 부탄 왕국
그곳에서
첫눈을 맞고 싶다
첫눈 내리는 날
부탄은 공휴일이다
첫눈의 감동과 설렘
부탄 국민은 행복의 문을 연다
비록 물적 풍요가 없어도
마음은 천국인 나라
행복이 넘치는 곳
세상 어느 나라가
첫눈 오는 날을
공휴일로 할 수 있을까

첫눈의 설렘과

피어오르는 미소

어찌할 수 없는 감동

행복에 마음을 맡기는

그곳

만나고 싶다

순백의 세상

눈 천지 설국

코로나가 사라진

그곳

행복하면 행복해진다

세상이 붉어졌다

나도 붉게 물들었다

붉은 노을

떠나가는 가을

가을이 먹먹하다

슬퍼하지 말자

과거는 우리 것이 아니다

아무리 슬픈 과거라도

이미 내 곁을 떠난 지 오래다

과거는 시절 인연

소환할 수 없는 곳으로 떠났다

과거는 과거였고

현재는 과거를 생각하는 것

과거는 내게 머물러 있지 않다

생각으로 쌓아온 기억일 뿐

걱정하지 말자

미래도 내 것이 아니다

오직, 지금 여기

지금이 행복하면 된다
생각에 속지 말자
생각은 내가 아니다
생각은 없는 곳에서
없는 곳으로 사라진다
찰나에 생겨났다가
찰나에 사라진다
나는 결코 생각일 수 없다
생각은 인연 따라 나오는 것
나는 생각을 바라보는 존재
삶은 영화의 스토리
나는 스크린일 뿐이다
스토리가 내가 아니듯
생각도 내가 아니다
지금 행복하자
일체유심조一切唯心造
행복하면 행복해진다

사바娑婆의 길 위에서 꿈꾸는 적멸寂滅과 위락慰樂의 기록

| 해설

여국현 | 시인, 영문학박사

글은 사람을 나타내고, 사람은 자신의 글을 산다. 시는 곧 시인이고, 시인의 삶은 곧 그가 쓰는 시의 내용이 된다. 그가 보고 듣고 느끼는 모든 것은 시의 내용에 명시적으로나 암묵적으로 드러나게 된다. 시가 이런 시인의 눈이 될 때 시는 그가 보는 세상의 모습을 담아내는 현실 진술의 언어가 된다. 이럴 때 시는 은유와 직유 등 다양한 시적 장치를 사용하더라도 기본적으로 시인 자신이 바라보는 세상을 재현하는 측면이 우세하게 된다.

그러나 시가 시인이 보는 세상 그 너머, 있는 그대로의 현실보다는 시인이 소망하고 꿈꾸는 세상을 그릴 수도 있다. 그럴 경우 우리는 그의 시를 통해 그의 꿈과 욕망, 그의 지향하는 세계의 모습을 볼 수 있다.

우리가 살고 있는 삶과 욕망하는 삶이 일치할 때–그런 경우는 매우 드물거나 거의 불가능하기도 하지만–삶은 평안하고 행복하다. 그렇지 않을 때 삶은 더러 힘들고 아프고 비루하기도 하다. 그 속에서 또 시는 나온다. 때로는 힘들고 고통스럽고 비루한 삶을 반추하면서, 때로는 그 반대편에서 빛나는 삶을 그리며.

시인 곽성일, 그의 직업은 신문기자다. 지방지의 신문기자로 삼십 년이 넘는 시간을 걸어 왔다. 그런 그가 시집을 낸다고 했을 때, 그 세월 동안 차곡차곡 쌓아온 시와 사진들을 모아 시집을 내겠다고 했을 때 나는 어떤 글들이 그 안에 담겼을까 궁금했다. 신문기자라는 조금은 특별한 직업의 그를 스쳐간 많은 일들은 그에게 어떤 흔적과 그림자를 남겼을까. 우리 삶의 온갖 어두운 그림자가 드리워진 글을 보게 되는 것은 아닐까 염려도 들었다. 기우였다. 그의 글에서는 그와 우리가 참고 견뎌야 하는 이 세상, 이 사바세계의 질곡이 아니라 그 너머 그가 꿈꾸는 세상이 그려지고 있었다. 시집 제목에서 나타나 있듯 그곳은 적멸寂滅의 세계다.

'적멸'寂滅은 산스크리트어로 '불어서 꺼진 상태'를 의미하는 너바나Nirvana를 한자어로 표현한 '열반'涅槃을 뜻으로 풀어쓴 용어다. 이는 단순히 소멸이나 죽음을 의미하는 것이 아니라 세상사의 모든 질곡과 근심, 번뇌를 다 초월한 상태로 '탐진치'貪瞋癡, 즉 탐욕과 성냄, 어리석음이라는 삼독三毒을 멸한, 모든 고통의 근원으로부터 자유로워지는 것으로 불가의 수행자가 궁극적으로 추구하는 목표라고 할 수 있다. 가장 험한 사바세계의 길 위를 걸으며 시인은 바로 이 '적멸'의 세계를 욕망한다.

그가 '적멸'의 욕망에 도달하는 매개는 자연이다. 현실 세계의 가장 일상적인 삶의 장면들을 걸어가면서 그는 끊임없이 주변의, 먼 곳의 때로는 상상 속의 자연으로 시선을 돌리고, 그 자연을 통해 성찰하며 관조한다. 그의 시 가운데 상당 부분이 자연을 소재로 하고 있는 것은 이런 까닭이다. 이러한 그의 시선과 태도는 영국 낭만주의 시인인 워즈워스가 품었던 '자연과의 합일'Unity with Nature을 상기시키는 측면이 있다.

곽성일 시인과 그의 시에 또 하나 중요한 요소는 사진 이미지다. 신문기자인 그에게 카메라는 글과 같은 기능을 하는 익숙한 매체일 수 있다. 기사 작성이나 현장보고 같은 가장 기본적인 도구로부터 현장을 누비는 그에게 세상을 보여주는 렌즈이자 자신의 분신 같은 도구. 그래서일까. 시인은 사진 이미지를 시와 연관 지어 사유하려는 시도를 한다. 어떤 의미에서 사진이미지 자체를 시의 기능과 동일시하기도 하고, 사진 이미지를 시의 도구로 활용하려는 듯한 느낌이 든다.

그런 의미에서 이 시집에 사진과 함께 어울린 그의 시는 '디카시'라는 새롭게 주목받는 장르를 생각나게도 하지만, 일반적인 의미의 디카시 영역에 포함시키기도 어렵다. 사진 이미지와 시의 결합이라는 점에서는 디카시 형식과 동일하다 할 수 있지만 근본적인 차이도 있다. 이미지와 결합된 시의 길이의 차이다. 디카시 형식에서 이미지와 결합되어 하나의 의미체를 형성하는 시는 대체로 4~5행의 짧은 길이를 원칙으로 한다. 반면, 이 시집에서 이미지와 결합되는 시는 일반 서정시 수준의 긴 행을 지닌 경우가 대부분이다. 이처럼 시인은 독특한 자기만의 방식으로 이미지와 시를 결합시켜 하나의 완결된 의미체를 생산해내고 있다.

자연 혹은 '자연과의 합일', 관조와 성찰, 그리고 사진 이미지, 이 세 요소는 사바세계의 한가운데서 적멸의 상태를 욕망하는 시인의 시를 구성하는 핵심 단어들이라고 할 수 있다.

자연 혹은 자연과의 합일

시인의 사유가 가장 먼저, 가장 많이 천착하는 대상은 자연이다. 이 시집에서 가장 두드러지게 다가오는 이미지 혹은 오브제이기도 하다. 인간의 도시 곳곳의 가장 비루한 일들을 가장 가까이서 대면하는 기자인 시인은 역설적으로 도시에서 먼 자연을 꿈꾼다. 도시 안에서조차 그의 시선이 향하는 것은 자연 대상이다. 그는 바다를 보고, 산을 그리며 나무를 안는다.

동해, 그 바다

동해, 그 바다
아득해서 좋다

끝이 보이지 않기에
제멋대로 상상할 수 있기에

그리워할 수도 있다
동해, 그 바다를
마주해 본 적이 있다면

상처를 치유한다
그래서
상처받지 않은 그리움이 된다

누구나 가질 수 있다
마음이 가난한 자
치유를 원하는 자
사무치게 그리운 사람

모두, 동해로 와야 한다
끝없이 검푸른 바다와
마주 서야 한다

무너져야 한다
설움도, 원망도,
그리움까지도 토해내야 한다

바다는 모든 것이다
깨끗하든, 오염됐든
강물을 마다하지 않는다
그 바다 앞에서
속절없는 기나긴
고해성사를 해야 한다

욕망과 탐욕
억울함과 비겁함

모두 꺼내
검푸른 바다에 던지자

마침내
순백의 하얀 파도가
끝없이 내 마음속으로
밀려올지니

시인에게 바다는 "상상"의 세계를 지니고 있는 "그리움"의 대상이자 "치유"하는 주체이며, 가슴속 "설움"과 "원망", 그리고 "그리움"까지 다 "토해내"고 비울 수 있는 "고해성사"의 공간이다. 누구나 "가질" 수 있으며 "상상"을 가능하게 하는 바다에서 시인은 자신이 발 딛고 선 사바세계의 "욕망과 탐욕 / 억울함과 비겁함" 같은 것들은 모두 벗어 던진 채 밀려오는 "순백의 하얀 파도"와 함께 어우러지는 자신을 상상한다. 그에게 "바다는 모든 것이다." 그러나 바다도 홀로 머무르지 않는다. 바다는 나무와 하나가 되고 나무는 바다가 된다.

나무와 바다

푸른 바다와 마주한
나무는
바다가 된 지 오래다

동해
그 망망대해

나무는
푸른 물로 물들었다

제 모습은 잊고
언덕 위에서
바다가 됐다

남들은 나무를 보고
움직일 수 없다지만

나무는
푸른 수평선으로
매일 달려 나간다

나무는 자유다
우주를 품은 바다다

수평선 그 너머의 세상
파도가 전해준다

나무는
더 이상 기다림도
그리움도 아니다

바다와 하나 된 나무라는 선언은 그가 자연 대상의 온전한 합일체라는 것을 상정하고 있음을 상징적으로 보여준다. 바다와 그가 하나이듯 바다와 나무도 이미 하나다. 그러므로 시인의 세계에서 그와 나무, 바다는 하나다. 그가 나무에서 가장 분명하게 보는 것은 자유다. "나무는 자유다." 나무는 움직일 수 없는 듯해도 이미 "바다와 하나 된" 나무는 바다와 함께 "푸른 수평선으로 / 매일 달려 나"간다. 시인은 자신의 모습을 바닷가의 나무와 같은 존재로 은유하고 있는 것 같다. 매일매일 마감이라는 숨 막히는 시간과 전쟁을 벌일 수밖에 없는 붙박인 존재인 그의 영혼은 매순간 저 푸른 바다를 향해 달려 나가고 있었던 것은 아닌지.

그에게 숲은 "신비"한 "영원의 공간"이며, 언제나 항상 그 자리에서 그에게 "쉼"의 자리를 주는 곳이며, 숲은 "세상을 품은…… 우리의 가슴"이다. 하기에 "정령"이 "내려오는" 그 숲에 드는 순간 그의

"번뇌"는 잦아들고 그는 자연과 하나가 된다.(「오대산 전나무 숲」).

이와 같은 시인의 태도는 영국 낭만주의 시인 윌리엄 워즈워스William Worth가 추구하던 '자연과의 합일'Unity with Nature이라는 소망과 닮아 있다. 워즈워스는 "무지개를 보면 내 가슴은 뛴다"고(「무지개를 보면 내 가슴은 뛴다」) 하고, "가슴이 기쁨으로 가득차 수선화와 함께 춤을 춘다"(「한 조각 구름처럼 외로이」)고 했다. '무지개' '수선화'라는 자연과 시인 자신이 하나 됨을 표현하는 것이고, 이 합일로 인해 시인의 "가슴은 뛰"고 "춤을" 추기도 한다.

곽성일 시인의 다음 시는 시인의 그 마음이 그대로 드러나 있다.

숲이 온다

숲이 / 내게로 온다

내가 / 숲이 된다

내가 / 숲이요

숲이 / 나이기도 하다

숲은 아예 그에게로 와 그가 되고 그는 숲이 된다. “내가 숲이”고 “숲이 나이기도” 한 합일의 경지, 시인이 꿈꾸는 것은 바로 이 같은 자연과의 하나됨이다. 숲만이 아니다. 바다 또한 마찬가지다.

“먼 바다에서 출렁”이며 “태산”처럼 밀려와 포말로 부서지고 다시 바다로 돌아가는 바다. 그 “원시의 바다”는 태초부터 멈춤 없이 그 무한한 움직임을 반복하고 있지만, 지금 여기 나는 그 원시의 파도와 하나 된다. “내가 파도이고 / 파도가 내가” 되는 그 순간, 시공간의 한계는 사라진 온전한 합일의 경지가 이룩된다(「파도는 눈부신 대오」).

이 같은 자연(바다)과 무한한 합일의 욕망은 시인에게는 호흡과도 같아서 시집 전체를 관통하는 하나의 원형 이미지를 형성하고 있다. 그러니 시인의 눈에 세상은 그렇게 완벽한 하나다.

관조의 시선과 성찰이 지향하는 곳 – 적멸위락

관조와 성찰은 고요와 함께 온다. 워즈가 시의 탄생 조건이라고 말한 “고요함 속에 회상된 정서”Emotion recollected in tranquility야 말로 이런 생각을 분명하게 보여준다. 곽성일 시인은 이 고요 속에서 시의 탄생을 넘어 존재의 해탈을 욕망한다.

숲의 고요

폭염이 오기 전
숲은 고요하다
이른 아침
새소리는 분주하지만
숲은 적막하기만 하다
소리를 소리로 듣지 않고
의미를 부여하지 않은 소리
그저
숲의 고요 속으로 사라진다
폭풍 전야
무언가를 품은 듯한 고요
터질 것 같은
텅 빈 충만
곧 닥칠
맹렬한 더위의 예고에도
한가하다
조바심도 두려움도
고요 속엔 보이지 않는다

고요 속으로, 적막으로

마침내

자유다, 해탈이다

"새소리 분주"해도 "숲은 고요하다." 이는 시인의 마음이 고요함에 있기 때문이다. "소리를 소리로 듣지 않고 / 의미를 부여하지 않"으니 어떤 소리도 시인에게는 들리지 않는다. 그렇게 "숲은 고요" 속에 침잠한 채 "텅 빈 충만"이라는 역설의 순간을 맞이한다. 이 고요 속에는 "조바심도 두려움도" 없다. "자유"와 "해탈"의 순간이기 때문이다. 숲 속에서 느끼는 이 "자유"와 "해탈"은 시인 자신의 영혼이 경험하는 혹은 경험하고자 욕망하는 것이다. 시인은 도시의 분주함과 소음 속에서도 마음속으로는 이 같은 자유와 해탈을 꿈꾸는 자신의 자아를 끊임없이 성찰하고 있다.

고요함 속에서 뿌리내린 시인의 성찰은 어디를 향하는가. 그의 성찰과 깨달음은 "날마다 매 순간이 삶의 절정이지 / 특별한 순간만이 절정은 아니다 / 지금 여기가 행복하면 /그것이 극락이리라"(「부처님 오신 날」)는 깨달음에서, "번뇌와 생각이 사라진 /적멸은…/ 지루하거나 두려운 것이 아니"며, 오히려 "완전무결하고도 / 진정한 즐거움"(「적멸위락寂滅爲樂」)임을 깨닫는 것으로 나아간다.

최종적으로 시인이 욕망하는 것은 "모두가 사라진" "적멸"의 상태다. 그러나 적멸은 "태초의 고요"이며 "락樂"의 상태로 "모든 것에서 (벗어나) 자유로움"의 상태요, "무장무애無障無碍" 하니 "걸림이 없"이 "내가 우주"고 "천상천하 유아독존"이 되는 이상의 단계에 이르는 것이다(「지금이 적멸이다」)

이런 그의 태도를 집약적으로 보여주는 시가 있다.

천년왕국

산 같은 왕릉
하늘과 맞닿았다
하늘과 땅
이승과 저승
속세와 피안
모두가 하나다
천년왕국
지상에 극락과 천국을 가졌다
하늘로 이어진 왕릉
그 안에 피안의 세계
안과 밖
보이는 것과

보이지 않는 세계

모두가 하나다

"하늘과 땅 / 이승과 저승 / 속세와 피안"의 구분마저 사라지고 "모두가 하나"인 이런 상태에서 "안과 밖 / 보이는 것과 보이지 않는 것"의 구분은 더는 무의미해 보인다. 말 그대로 세상은 "모두 하나"이기 때문이다. 시인이 꿈꾸는 세상은 이렇듯 자연과의 합일을 넘어 모든 존재의 경계가 사라지고 "모두가 하나" 되는 세상, 윤회와 고뇌의 순환이 끝나는 적멸의 세상인 듯하다.

서정시의 계보를 이어

이 시집에 실린 시들 가운데 도드라질 정도로 또렷하게 들리는 소리가 앞에서 언급한 자연과의 합일, 적멸의 이상을 향한 성찰이라는 것을 분명하다. 그러나 비록 큰 소리로 울리지는 않아도 시인의 시적 본령이 어디서 발원했는가를 보여주는 시들도 제 빛을 잃은 것은 아니다.

다음 시를 보자.

집으로 가는 길

고단한 오후
저문 강에 삽을 씻고
집으로 가는 길

강나루에 비친
노을 속으로
가장이란 이름의 사내가
오늘도 걸어간다

고단함이
가족을 지키는
유일한 수단

집으로 가는 길
붉은 노을 같은
울음이 탄다

가족을 위해 하루의 노동을 마치고 집으로 귀가하는 가장의 귀가 모습을 그린 이 시가 전하는 울림은 조용히 깊다. "고단함이 / 가족을 지키는 / 유일한 수단"이라는 표현에 담긴 적절하고도 절절한

비유가 아프게 다가온다.

다음 시는 또 어떤가.

그리움은 금빛 날개를 타고

문득
삶을 잠시 멈춘다
상념은
금빛 날개를 타고
아득한 공간을 날아오른다
기억의 어느 지점
따스한 자비를 만난다
언제부턴가
잃어버렸던 자비의 눈길
샘솟듯 따스한 등
천국과 극락이
거기에 있다
조건 없는 사랑과 헌신
그 눈길, 잊은 지 오래
숨 가쁘게 달려왔다

불안한 눈빛이 맴돌고
거친 호흡이 에워싼다
지친 삶의 언저리에서
울음을 삼키고
걷던 길을 뒤돌아본다
어느 길모퉁이
붕어빵 봉지를 들고
나를 부르는 소리가 들려온다
돌아보면 사라지고
걸어가면 들려오고
천천히 걸어본다
내 걸음을 따라잡지 않을까
아니면
나를 놀라게 하기 위해
어느 옆 골목에서 불쑥
얼굴을 내밀지 않을까
상념의 나래는 끝나가고
그리움은 몰려온다
아!
어머니

어머니의 등에서 전해오던 따듯한 온기. 엄마 등에 업힌 아기에게 그 따스한 등이야말로 "천국"이자 "극락" 아니던가. "지친 삶의 언저리에서 / 울음을 삼키고 뒤돌아보면" "붕어빵 봉지를 들고 / 나를 부르는" 어머니의 목소리. 시인의 가슴에 가득한 그리움은 마지막 행의 "아! 어머니" 그 한마디에 담겨 쏟아진다. 시인의 서정적 그리움의 대상은 "피를 토하듯" 붉은 "가을 햇살" 아래 "그리운 들녘"(「그리움이 피를 토하듯」)이었다가 "어릴 적 꿈이" 자라던 "검푸른 가을 바다"였다가 "어머니가 떠난" "(고향의) 빈집"에 피는 "민들레"를 향하기도 하다가 그 모든 그리움의 근원인 유년의 추억으로 귀결된다.

청하 장터

오월이 눈앞에 다가온 / 청하장터
장날이 아닌 / 텅 빈 장터
인적이 없는 / 장마당에
사월 막바지 햇살이 / 강렬했다
장터 옆 숨은 / 옛 골목길
쏟아지는 봄 햇살 / 가득 품었다
무언가에 끌리듯 / 들어선 골목길
꽃 세상이었다

햇살을 머금은 / 해당화 한 떨기
함초롬 피어 / 추억을 지키고 있었다
그 옛날 / 고현리에서 짠
가마니를 팔러 가는 / 부모님을 따라왔던
장터와 골목길 / 아득한 그리움이다
가슴 저미는 슬픔이기도 하다
골목길에서 / 장터를 바라보는
해당화는 곧 / 오월의 햇살을 맞이하겠지
내 유년의 기억도
찬란한 오월의 햇살 속으로
걸어가기를 소망한다

이처럼 곽성일 시인의 시는 한국 서정시의 계보와 닿아 있는 면을 분명하게 보여준다.

곽성일 시인의 첫 시집인 『지금은 적멸이다』에는 긴 호흡의 글들이 드문드문 보인다. 30년의 시간을, 그 시간의 침묵을 깨는 시인의 첫 시집이라는 점을 감안하면 충분히 이해될 만한 점이다. 뿐만 아니라 산문시 형식이라고 하기에 어색한 느낌의 긴 산문 형식의 글도 더러 있다. 그런 글들은 짧은 수필에 가깝기도 하다. 사진이 함께 실려 있어 이야기를 서로 끌어주는 시화 형태의 글과 그렇지 않은 글이 혼

재된 점들까지도 기존 시집의 형식에 익숙한 독자들에게 조금 낯설게 보일 수도 있다. 그러나 30년 언론 생활 틈틈이 현장의 길 위에서 자신의 시간을 챙겨 마음속 이야기를 담아낸 첫 시집이라는 점을 이해해 주실 것이라 믿는다.

개인적으로 만난 곽성일 시인은 내성적인 성격에 조용하고 예의 바른 태도의 마음씨 좋은 선배였다. 그러나 문득문득 스스로도 활달하거나 적극적이지 못한 성품에 대해 아쉬워하는 속내를 밝힌 적이 있을 정도로 얼마간의 변화를 원하기도 한다는 것을 알고 있다. 첫 시집에 쏟아낸 선배의 마음속 독백과 바람이 더 큰 변화의 첫걸음이 되길 바란다. 첫 시집의 출간을 진심으로 축하하며, 앞으로 좋은 시 많이 쓰는 좋은 시인으로 성장해가시기를 바라며 응원한다.